KB158215

달나라의 장난

리부트

달나라의 장난

리부트

신동옥 시집

2021
문학실험실

신동옥

———

봄눈

　나는 작은 눈송이를 꿈꾸었다 구름 속에서 파도가 치던 밤 나는 내리는 눈송이로 다시 태어났다 서귀포 섶섬 너울 아래 엎드린 바다거북이 등짝에 올라타고

　다도해 섬 사이를 요리조리 피해서 고흥반도에 상륙했다 거기서부터 팔영산 자락을 돌아 걸어서 집으로 갔다 내가 돌아온다는 소식이 나보다 먼저 고향 집 지붕에 닿아 녹아내리도록

　대한 경칩 다 지난 즈음 동백도 지고 문드러진 봄눈이 되어 되도록 천천히 나도 모를 꿈결에 영영 버려진 고아처럼 지친 발걸음으로 고향 집 대문을 두드려보다가

하늘이 운명을 결정한다면 이제는 우리 스스로 이 땅
위에 하늘을 내려야 한다시던 토정 이지함 선생 수염이
젖어가는 만세력 겉장 위에서 까무룩 반짝이다가

우글거리며 몰려오고 몰려가는 봄빛에 몸을 숨겼다
나는 살아 있었고 아주 작은 눈송이였다 아지랑이 춤추
는 봄날 마당귀 잠든 강아지 눈썹에 내려앉았다가

프롤레타리아의 봄밤

호주머니 안쪽에는
지난겨울 마지막으로 쏟아진 눈송이 한 줌
어디든 목을 축이고 추위를 피할 방은 있겠지 여기며
움켜쥔 손아귀 사이로 흘러내린 눈석임물에
바지춤이 젖기 전까지

걷다가 멈출 때면
가죽 장화를 벗어 안고 뒤축을 녹였네
폐허 아니면 무덤 그것도 아니면 무너진 담벼락
그 너머로 피어나는 연기 한 가닥에도 숨 막힐 듯
설레며 달려온 길

마치 해와 달을 이어주려

가늘어질 대로 가늘어진 눈썹달처럼
향기로운 꽃은 빨리 지더군
겨우내 피고 지는 꽃은 수도 없이 보았지만
누가 밤새도록 향기와 악취를 가려 노래할 수 있을까

혁명이 끝나고 내란이 오거나
내란이 끝나고 혁명이 시작되거나 어쨌건
그날은 마치 멸종한 동물을 싣고 온 유랑극단이 떠난
가설극장 같았어 부서진 바리케이드를 치우고
이슬 젖은 깃발을 내리자

봄은 오고
얼음으로 다져진 광장에 다시 풀이 돋아나네
이제 다시 이마에 재를 바르고 열을 맞추어 걷는 밤
무개화차에 차곡차곡 포개지는 밤
술잔에 가라앉은 돌멩이처럼

갈라진 등짝으로는 달빛을 가닥가닥 헤아리며 잠들게
어쨌건 기차가 달려가는 길
이편으로는 풀꽃이 자랄 땅 저편으로는 발아래 다져

질 땅

　그사이로는 금세 흙탕물 웅덩이가 가로놓이겠지

　채 가시지 않은 가락에 콧등이 간지러운데
　그날의 노래가 기억나지 않는군
　덜컹거리며 계속되는 꿈속으로 순한 비가 들이치는 밤
　이봐 아껴둔 초가 있으면 불을 밝혀줘
　그림자가 아우성치며 일어나 바람을 막아줄 테니

　버드나무 가지가지
　손목을 휘저으며 눈동자를 씻어주게
　하릴없이 손꼽아 헤아린 꿈결마저 앗아가게
　기차는 달리고 그곳이 어디건
　남은 초를 밝히고 없는 방문을 찾아 두드릴 손등이
　여기 남아 있으니

가장 불쌍한 나라

피곤하고 슬퍼 보여 그게 당신을 더욱 아름답게 만
들지
당신은 늘 그런 식으로 만들어진 그림
빛을 많이 받는 쪽부터 서서히 바래고
잊혀가며 주목받는

한 개의 목소리를 빚기 위해서
얼마나 많은 독백이 필요했을까마는
모든 것이 무너져내린 것만 같았겠지
가벼운 미소로 마음을 다잡고 나날을 배반하는 사랑
을 적어나갔다

화염으로 빚은 악마와 손아귀로 움켜쥔 천사

　이를테면 나날의 저주와 사랑

　당신이 지은 세상 어딘가에는 대열에서 이탈한 소년
병이 있어

　풀잎과 진흙으로 얼굴을 위장하고 제 무덤 귀퉁이를
뚫고 들어가 잠잔다

　사랑하는 이들과 사랑받아 마땅한 이들과 버림받은
이들보다

　당신이 만든 사랑이라는 말이

　더욱 소중했겠지 도둑과 사기꾼이 당신이 지은 세계
를 지켜왔다

　초인종은 고장 난 지 오래인데 여전히 시끄럽게 울어
대지

　참 이상하고 외로운 짐승이다

　저마다 제가 쌓아 올린 성채를 지키는 왕들

　내가 죽느냐 내가 사느냐 그것이 문제였다 그런 자신
의 고통이

　고통을 노래하는 것이 사랑의 죽음보다 더욱 값진 것
이었다

밤사이 하늘을 가르고 별이 지나간 자리마다
당신이 그린 태양이 떠오른다
마치 모든 것이 무너져내리듯 하지만 별은 돈다
저 하얗게 빛나는 꼬리는 돌가루에 불과해

부드럽게 회전하며 제 몫으로 주어진 빛을 반사하는
반사하며 북극성 큰곰자리를 가리키는
별은 돌 때만 길을 보여준다
빈 하늘을 하염없이 돌면서 길을 비추는
돌가루의 문장이 새로운 지도를 만든다.

달나라의 장난 리부트

팽이가 돈다
오십 년이 지나고 백 년이 지나도 팽이는 돌고
모든 것은 마당에서 시작되었다
마당에서 태어나서 거리로 이어졌다
당신이 적이라 여겼던 이들이 이웃으로 변하는 건 한
순간
대문을 열고 손들어 인사하고 같은 방향을 향해 나란
히 걷다 보면
저도 모르는 사이 박자를 맞추어 한데 나아가는 발
걸음

수런거리는 발소리 잦아드는 처마 끝에는 어김없이
한 모금의 진공이 토해놓은 것만 같은

매끈한 무릎들이 대롱대롱
예나 지금이나 아이들은 팽이를 돌린다
팽이를 돌리고 불꽃을 틔운다
안녕? 너무 놀라서
뭐라 말할 사이도 없이 입으로 토끼를 뱉어내고 꽃잎
을 흩뿌리는

아이들이 천사라면 토끼는 신일 거야
어둠과 먼지로 가득한 돌절구에 벼락을 내려치면서
하얀 인절미를 자아내 죽은 자들을 한껏 먹이고
그러고도 남은 빛을 곱게 여며 땅끝까지 드리우는 토
끼 한 마리가
톱니 모양 맞물린 인간의 두개골보다 작은 달집에 들
어앉아
비구름 언저리에서 사라지는 기도와 메아리를 엮어
매듭지은
회오리

거기 숨겨놓았지
채찍을 휘두르며 머리카락을 땅바닥에 끌며

춤추는 희디흰 복사뼈 아래, 거기 숨겨놓았지
궤도는 하나지만 행로는 셀 수가 없듯
팽이가 돌아
돌고 돌아 다시 마당 귀퉁이에서도 꽃은 피어나고

팽이가 구멍을 뚫고 있어
심지에 박아넣은 쇠공이 눈알이라도 되는 양
하루치의 빛 속에서 다시 사랑의 인사가 흘러넘치네
변치 않을 사랑과
증오와 믿음과 공포 그것마저 튕겨내고도
쓰러지지 않을 중심을 지키면서 팽이와
팽이가 부닥쳐 일으키는 불꽃
맞부닥쳐 깊어지는 불꽃 속에 달이 뜨고

토끼는
마당을 꽁꽁 동여매 다른 차원으로 데려가고
새들은 다른 처마를 향해 날아가고
아이들은 집으로 돌아가고
사랑은 어쩌다 이렇게도 깊어진 걸까?

팽이가 돈다

팽이가 돈다

저개발 리얼리즘

도입은 한 시간
한 인간이 평생을 살아도 못 꿀 꿈을
풀어내고도 남을 러닝타임 태어났다 걸었다

달렸다 믿음을 갈구하는 눈빛으로
원인과 결과를 나누고 족보를 짜 맞추며
그릇된 신념은 묘사를 기다리는 자연의 일부니까

헐값에 내놓은 피와 뼈와 살
동사는 맥박이다 형용사는 표정이다
피 한 방울 흘리지 않고도 빵과 장미를 거머쥘

마법의 언어로 충분히 전진했고

충분히 야위었다 죽은 자들의 몸을 씻기고
혓바닥 아래 동전과 쌀알을 밀어 넣듯

환호의 술잔을 건네는 순간에도 패배를 노래하는
검은 입술 자신을 속여가면서까지 맹종하던
신앙이 멎은 자리 그곳이 목적지였다

깊고 깊은 우물 밑바닥을 행군하는 저항군처럼
죽지 않을 희망과
기꺼이 죽을 수 있는 용기에 대하여

행복의 나라로

처음 찬물에 손을 담갔을 때
영원처럼 멈춰 굳은 한순간의 감촉으로
여전히 뿌리를 뻗어간다

담벼락 골목 장미
왜 그렇게 같은 단어를 거듭해서 썼을까

떠나기 전에는 늘 호주머니를 비웠다
대문을 보기 좋게 걷어찬 다음 돌아서서
침묵에는 고함으로 함성에는 다시 침묵으로
응수해야지 앞만 보려 애쓰며

길이 보이지 않을 때까지 허우적거리다 보면

길은 온데간데없고
애당초 없으니 잃을 것도 없더군 그렇듯
고통은 늘 자유보다 요긴한 먹을거리였다
추억은 더 이상 나를 감동시키지 않고

마침내 집조차 사라지더라 그게 사라지니
돌아가고픈 아득한 거리 하나 가로놓이더라
한 번 들른 자는 영원히 잊을 수 없고
아직 오지 않은 자는 언젠가 갈 수밖에 없는

누구도 가본 적 없고
누구도 떠나려 하지 않을 그곳으로
그러니까 이건 고백의 시

이 문장에서는 방 냄새가 난다
우리가 함께 꾸릴 방
아가의 젖트림 같은

처음 돋아난 이빨이
마지막 남을 사랑니가 될 때까지

눈꺼풀 사이로 한 땀씩 이어지다가 맨 처음 뺨을 관통하는 건 매끄러운 속도, 내 품에 안긴 네 눈동자에 비친 나의 미소는 한 오라기 매듭

갈라진 물살이 다시 아무는 걸 보며 기억을 더듬는 연인들처럼, 비밀을 가진다는 건 신을 속이고서야 비로소 제 몫의 믿음을 완결하는 성사聖事

기도는 아름답지만 오염됐다. 손톱으로 눌러 그린 표식을 떠올리며 마침표를 새기는 무심한 결말, 과거가 그러하듯 미래는 우리 눈앞에 펼쳐진다.

숲 이야기

누가 나를 숲에 버려두고 떠났다. 그날 이후 나는 그이의 눈으로 숲을 보고 그이의 입으로 숲을 노래한다. 이파리로 만든 계단 아래 바람 한 토막 잘라낸 유리잔. 꽃밥을 다져 쌓아 올린 탁자에 엎디어 오래도록. 나는 숲 이야기를 썼다 쓰고 또 썼다. 새들은 나뭇가지 사이를 오가며 장난을 일삼는데. 숲 가운데 서면 달빛이 너무 환해서 무채색을 덧칠할 수밖에 없었던 어느 밤의 풍경화처럼. 이따금 숲은 작아질 대로 작아진다. 실뿌리가 되어 발바닥을 간질이다 칡덩굴로 온몸을 동여맨다. 벌새가 꽃에서 꽃으로 부리를 밀어 넣듯 숲은 나를 먹어치운다. 심장을 쏠아대며 꼬리만 남기고 사라지는 들쥐처럼. 꽁꽁 묶인 채 꿈이 깰 즈음에는 눈앞이 뿌연 감촉만 남는다. 구멍으로 가득한 안개 너머로 이따금 식구

들이 왔다 가는 걸 본다. 내가 등 돌리고 숲 그늘 밖으로
한 걸음 내디딜 때마다 빛과 소리는 아득하게 지워진다.
이제 숲은 완벽에 가깝다. 희디흰 그늘은 차가운 꽃을
듬성듬성 피워 올린다.

지붕 밑 세상

높은 데서 떨어진 새는 가시나무에 둥지를 짓는다 가시에 찔리며 알을 품다가 낮게 더 낮게 세상 끝까지 날아간 새 한 마리, 부르는 소리 없는데 맴도는 노래 모두 비워내고 남은 마음이 바닥을 치고 도는 메아리, 어둠을 끌어와 상처를 덮고 웅크린 눈빛들이 숨어드는 곳

선반 위에 벽장 다락 위에 처마 누구나 한 번은 떨어졌다 그때마다 지붕은 부풀어 오르고 마음은 번번이 바닥이다, 창을 열면 가늘게 헝클어진 그림자 일렁이는 수면 아래 잠긴 듯 이지러지며 춤추는 세상을 본다 미로같은 서까래를 지나 나무 계단을 올라서 지붕에 앉으면

저마다 노래 부른다 새와 고양이 노을과 박쥐를 품은

처마 아래 종잇장이 날아가듯 기왓장은 쏟아지고 누구
나 한 번은 떨어졌다 버림받고 추락한 마음이 그를 여
기 비끄러맸다. 지붕 밑 세상 벽장 깊숙이 숨겨둔 사랑
의 편지가 바래가듯 서랍 깊숙한 곳 거기, 손닿지 않는
한 줌의 빛.

아주 작은 세계

　나는 당신의 미래다. 미래에서 당신에게 편지를 쓴다.
이곳에서는 서로 눈 맞추지 않는다. 말하지 않는다. 사
랑은 사랑한다는 말보다 중요하지 않다. 사유는 중단된
다. 가정과 논증은 폐기되었다. 믿음이나 신앙 역시 폐
기되었다. 비유는 범법행위로 간주한다. 모든 것은 끝이
있는 하나의 이야기로 완결된다. 서사는 법이다. 길이
당신을 대신해서 걷는다. 당신의 삶이 당신을 받아적는
다. 이곳에서 당신은 종이 위에 붉은 잉크로 휘갈겨 쓴
허구다. 당신의 언어는 사랑으로 만들어졌다. 맥박이 한
번 지나갈 때마다 살갗에 돋았다 지워지는 이력들. 매
순간 느끼지만 기억할 수 없다. 당신의 말속에는 당신이
존재하는 이유 또한 포함되어 있기 때문이다. 알아먹기
힘든 대화를 이어가느니 시를 쓰라. 당신이 쓰는 시는

당신 이전의 당신 이전의 당신 이전의 당신 이전의 당
신……에게 도달할 것이다. 마침내 아무것도 존재하지
않았을 그곳에는 아무것도 존재하지 않았다고 쓴 당신
의 시가 있다. 나는 당신이 종이 위에 붉은 잉크로 휘갈
겨 쓴 허구다. 당신은 나의 미래다.

그믐

미역을 뜯어 먹고 고기를 발라 먹고 이마에 재를 바르고 더러운 얼굴을 하고 누더기를 걸치고 맨발로 걸어 맨발로 걸어 갈라진 발바닥을 뻘밭에 묻고 보는 달

검은 수레가 달리는 물길을 따라 끝없이 갈라지는 방죽길을 탱자나무 울타리 그 너머 배밭 가시에 꽂힌 배꽃을 훑어 먹는 사슴이 한 마리 날름거리는 달빛 부서지는 얕은 파도

그 끄트머리 하얗게 떠는 냉이꽃 이파리가 다시 한 잎 살아 있어 굶주린 약속의 말들을 눌러 재운 혓바닥 아래 달아오르는 돌멩이가 한 알 갈라진 혓바닥을 깨물고 보는

　삭朔, 바다는 멀어 사슴이 울고 사슴이 울도록 바다는
멀어 하얗게 세어가는 눈썹을 세다 선 채로 잠드는 밤
탱자나무 가시에 찔려 파르르 떠는 네 눈썹을 세다 선
채로 잠든 달

첫눈

갈잎 부들 바스러지는 강둑을 날아 들쑥날쑥 젖어 가
는 하늘이다 얼어 곧은 날갯죽지 아래 물방울 꿈틀거리
는 버러지를 물고, 공기주머닐 부풀리려나 앙다문 부리
틈으로 스미는 눈 비린내 콧김마저 허옇게 멈추어 굳는
칼바람 갈피로 발목을 숨기어 가며

한바탕 휘몰아치려나 보다, 빈 하늘을

구부러진 모퉁이 하나 없이 티끌 한 점 막아서는 법
없이

시내 간다는 말

소나기를 가르고 빨간 새 한 마리 날개를 편다
새의 눈에 내가 사는 동네는 작은 구슬 같다
시내로 뻗은 길 끝까지 한통속으로 뻗어간 그림자
이웃의 들창을 지분거리던 빗줄기는
제 몫의 구름을 찾아 꼬리를 감추고
곁을 날던 당신 머리카락은 마치
빗줄기에 덧대어 놓은 무지개 같다

당신 꿈은 늘 우울한 기도처럼 들려
동네도 이웃도 버려진 말들이지만
당신은 여전히 시내 나간다고 그러네
아내는 웃으며 말했지만
어디서부터 어디까지가 시내일까

고향을 바꾸어가며 거리를 전전하던 시절
낯선 길에서 만난 이웃들은 대뜸
당신이 태어난 동네 이름이 무어요?

지난해 태풍은 가을까지 이어졌다
장미 노을 고니 수리개 모두
한글을 갓 깨친 아이가 좋아하는 단어들인데
비바람은 두 달이 넘도록 쉬지 않고 퍼부었다
하늘 어딘가에서 뻗어 나온 덩굴 하나가 집집이 잡아
채더니
이 동네는 마치 고대의 유적을 숨겨둔
밀림이라도 된 것처럼

세간을 들어낸 골목을 따라 개울이 흐르고
언덕이 놓이더니 생전 처음 맡아본
꽃내음이 훅 아이들 하굣길을 지나 새마을금고
담벼락을 돌아 백화점 너머 지하도 건너 건너
내부순환로까지 동네에서 동네로
시내에서 시내로 시내에서 동네로
다시 동네에서 시내로

하늘에서 내려다보면

공들여 쌓아 올렸을 지붕과 벽 모두

이름도 고향도 모를 낯선 이들의 장례식에 바쳐진

박물관 같아 지난여름의 장미 노을 고니 수리개는

지하 서고를 무릎까지 채우고 벽에서 바닥에서

까맣게 묻어둔 것들을 끄집어내더군

멀리서 보면 똑 닮은 점이었는데

가까이서 보면 뼛속까지 젖은 벌거숭이

장화 벗어 물 쏟아내고

햇빛에 내어 말리는 손바닥 발바닥 이만치 나았으며

비켜서며 주저앉으며 만들어갔을 작은 차이가

모여 생김생김을 되묻고 운명을 갈랐을 것인데

부르튼 손등에도 점이 하나

모든 것이 시작되었을 작고 까만 점을 투과해서

기어이 다른 세상으로 건너간다는 말은

여전히 시내 간다는 말처럼 들리고

북극성

빛이 물에 녹기를 기다렸다.

때로 믿을 수 없으리만치 시리고 아득한 것이 사방을
잠식했다.

그럴 때면 버릇처럼 다시 시작해야 한다고 되뇄다.

불현듯 가던 길을 멈추고 가만 맞대본 발뒤꿈치

뒤꿈치나 마주 비비던 어느 오후

어쩌면 자동차 한 대가 갓 빠져나간 골목

휘발유 향이 은은히 잦아드는 막다른 길 끝에는

무언가 서 있었다.

별인 줄 알았는데 조금씩 나아가고 있었다.

그것은 희미했고 이편으로 다가오는 것 같았다.

어둠 속에서

모든 걸 다시 시작해야 한다고 말했다.

어렵사리 입술을 떼어가며

저도 모를 차원으로 옮아가는 밀어密語는 음표와 같
아서

향기를 입술에 베끼면 당신 체온이 스몄다.

혀

당신으로 가득한 방이 있다
바닥은 천장이고 천장은 지붕이다
지붕이 있다면 어딘가 한 번도 젖지 않은 바닥이 있다

이파리는 바람을 삼킨다
과육은 씨방을 삼킨다 씨앗에
꽃이 날아가 박힌다 씨앗이 바닥을 삼킨다
바닥이 자란다

이 바닥에 대해서라면 어둠마저 훤해서
마치 몸이 밤의 일부라도 되는 듯
공글리다 뒤채다
스미다 잦다

바닥이 자란다
상처 입은 맥박에 귀 기울이려
침묵을 나눠 가졌다 당신으로 가득한
바닥이 있다

바닥에 점이 하나면
여기서 마치라는 뜻이다
나란하면 여기서 줄이라는 뜻이다
점은 포개지고 확대된다
바닥이 자란다

바닥에 바닥을 이어붙이면
여기서 더는 넘어서지 마라
천장도 벽도 바닥도 디디고 선 발아래다

사금파리, 젖니를 말아 쥐고 올려다본 처마 아래 빛
나던
사금파리

4월

봄이면 저수지를 건넜다

가슴께에서 날개가 돋아날 것만 같아서
팔다리를 휘젓다 지치면 가볍게 몸을 돌려
배영으로 올려다보는 하늘

개헤엄으로 건너는 수면으로는
몽글몽글 피어오르는 쌀뜨물 구름
앞서거니 뒤서거니 휘돌다 틈을 주지 않고
잡아채는 산 그림자

굽이쳐 흐르다 쉬어가는 여울 근방에서
물은 묵직하게 흐르다 오래 고였고

그러다 기어이
깊은 데를 열어 보여주고는 했다

아무 일 없다는 듯 어깨를 보듬어주는
비안개 속에서
나시 한번 구겨져 내리는 빗줄기

뒤돌아보지 말고 마저 건너야 산다
뒤돌아보지 말고
뒤돌아보지 말고
물살 아래서 용암이 치밀어오르다가

유리처럼 매끈하게 봉합되었다
물먹은 구름은 수면 위로 나올 생각이 없는 듯
뿌리 뽑힌 개구리밥이 하나
떠밀리고 치이다 사라지고

방죽을 열어 바닥을 갈퀴로 긁고 관정을 말리고
남은 물을 체로 걸러도

구름을 삼키고 돌이 되었을 거다
돌을 삼키고 물이 되었을 거다
아이들은

봄 가고 여름 가도록
저수지를 건넜다

격리 구역에서

기억하는지
주말의 날씨를
눈더미 위에 방울져 떨어져
한 마디씩 건네던 안부 인사를

하늘은 열려 있고
끝없이 갈라지는 빛살의 여울목마다
지느러미 구름장

언뜻언뜻 비끼는 햇살에
눈동자 깊은 데까지
아려왔지

맨발로 성난 불길처럼 떠돌았지
함께 일으킨 바람으로
흙먼지를 날리며
노래 불렀지

어두운 벽에 正 자를 새기다 지쳐
잠든 친구여
눈꽃 흩날리는 창밖으로
구름은 춤추듯 잠자듯 흐르는데

햇빛 비추던 날 젖은 길을 걸었지
우리가 없는
바깥세상은 여전히 푸르군
마치 거기 문이라도 하나 열리려는 듯

미래의 시

주방 딸린 작은방 너머 큰방 하나
모과나무 장미를 심은 마당가에 돌가루 쏟아지는
낮은 옥외 화장실이 엎드린 귀퉁이 빛바랜
타일 벽 아래로 마당을 파내 지하실을 마련하고
지붕은 반나마 걷어낸 자리에 옥탑을 올린
해고 달이고 별이고 흐릿하니
지워진 채 차고 이울기를 거듭했을
처마 아래로
철봉을 박아 걸어둔 빨랫줄

언젠가 옷가지를 널다가
마주 건네던 수줍은 인사말처럼 예사로
스며오는 생소리를 엮어 꾸린 세간살이

나는 아직 내 이웃을 모두 알지 못한다
지나치게 시적이고
지나치게 비시적인 나의 이웃들
동물이건 사람이건 담을 쌓고 살면서도
지어 쓴 거짓말
거짓말 속에서

원망마저 말끔히 지운 글은 어떤 모양새일까?
원망만으로 써내려간 글은 또 어떤 모양새일까?
내가 살아가는
이토록 안온하고 어리석은
반쪽 세계 타들어가는
불꽃과 망상과 신음 속에는
아름다움이 없을까? 죽어봐야 떠나봐야
달아날 수도 숨을 수도 없다는 자각이
일으켜 세운 사방 벽
벽돌 하나하나마다 혀가 돋아나는

나는 내 이웃을 모른다
영영 그네들을 모르면서도

남김없이 당신들의 이야기를 받아 적었노라고
바로 그 모든 어긋남이 내가 꿈꾸는
시에 마침표를 찍을 마지막
단 한 줄의 문장을
매듭짓는 방점일 거라고
내가 아끼고 사랑하는 모든 것들이
내가 아끼고 사랑하는 모든 사람들을 열쇠로 삼아
도달할 수 있는 저 문턱 너머에 도사린다면
네 이웃을 사랑하라

그 모든
우연과 불가능은
마침내 전회轉回였고 도약이었노라고
빌어서 꾸는 꿈이
지어서 사는 삶이

나의 친구들

빗줄기가 이어지는 숲길을 따라 갈래를 치며 뿔뿔이 흩어졌다. 가지에 매달린 채 썩어가는 열매를 따 먹으며, 갓 녹여낸 납 알갱이처럼 몰려다녔다. 소매 춤에 감추어둔 햇살을 흩뿌려 어둠을 밀쳐내 서로의 자리를 마련하고. 달빛 아래 검은 뱀처럼 웅크리고 길 끝을 상상했다. 언덕 너머 풀밭, 풀밭 너머 절벽, 걷고 또 걷고 파고 또 파면 바위를 지나 바다를 만난다. 삽날은 언젠가 돌덩이를 이기고 불꽃을 일으킬 것이다. 이유가 있다면 이유가 끝나야 할 이유도 있는 법이니까. 처음 돋아난 이빨이 마지막 남을 사랑니가 될 때까지. 단내가 나도록 틀어박혀 있을 때면 자갈처럼 머릿속을 굴러다니는 발자국들. 바다가 모두 마르고 말라붙은 땅 위에 처음 찍힐 발자국들. 처음 돋아난 이빨이 마지막 남을 사랑니가 될 때까지.

꽃담

　　잔주름 부스러져가는 희디흰 낯빛이 푸슬푸슬한 눈
매였다. 그 집 부엌을 헐고 새 찬장을 놓는 셈으로 늦봄
까지 더부살이했다. 볕이 은은하고 손을 타지 않은 뒤꼍
은 어김없이 장독이 익어가고 있었다.

　　새벽이면 눈바람에 말라붙은 깨꽃을 훑으며 현장엘
갔다. 잿빛 골조 아래로 괴목 우거진 야산 어디메선 철
이른 산새 소리, 볕과 바람을 고루 들이며 발그레 익어
가는 연와煉瓦 조각에 사금파리 반짝이던 꽃담.

　　물소리 바람 소리 한 자락에도 이승의 친절을 되새기
던 눈물겨운 나날이었다.

　　반 공수工數 더 찍고 밤늦도록 술을 마신 아침은 마당
귀 눈이 갓 갠 우물물에 몸을 씻었다. 그러고는 얼어붙
은 홍천강에 나가 천렵했다. 나사에 깻묵을 달아서 등이
굽은 피라미만 낚다 돌아왔다.

　　리바트를 오가던 원정이 하나, 이력도 나이도 모를
두목이 하나, 담양 어디서 검도장을 했다는 십장이 하
나. 나머지는 일찌감치 농고 상고 공고로 흩어졌다 퇴학
을 맞고 다시 모인 고향 선배들이었다.

　　우린 싱크대 꾼이었는데 노인은, 아파트 들어서면 찬
장 도로 가져가고 꽃담 떠메어가자 조르곤 했다.

　　붉은 황토에 재색 찰흙을 섞어 올린 몸체에 회반죽
백토를 버무려 그린 흰 줄기 꽃 그림, 날렵하고 애틋한
무늬의 이음새가 어우러진 무수한 금들, 맨드라미 봉선
화 향나무를 둘러친 야트막한 기왓장 너머로

　　신기루처럼 멀어지는 거무스레한 하늘 한 조각. 간
봄, 꽃시절 몫으로 아껴둔 하늘 한 조각.

작은 농부

열 오른 아이 이마에 얹히는 뿔시금치 이파리

뭉치지 않는 흙을 줄게
독을 풀어놓은 비를 내릴게

가장 여린 싹도 꿰뚫지 못하는
맑은 빛살을 나누자 아이야

새처럼 허공에 뿌리내리고 새파랗게
겨울을 건너는 실파 대파 섬초 줄기

얼음을 베고 왕겨를 이불 삼아 잠들었다가
봄이 오면

흥건한 면수건 위에 받아놓고 보는
자주감자 속씨

자주감자 꽃피면
자주감자 꽃피면

꽁지깃 하얀 제비 울음에
겨울 가고 여름이려나 여름이려나 아이야

늑대치기 소년

화가 난 양은 소년을 떠났다 풀밭을 난장판으로 헤집
어놓고 울타리를 넘어갔다 바위틈에 숨은 늑대를 찾아
내 배를 가르고 돌을 채웠다

늑대는 양을 피해 숲을 떠났다 억새가 누렇게 익은
언덕 여기저기 늑대가 기어다닌다 귀 기울이면 어딘가
맑은 강이 흐르고 조약돌이 구르는 소리

이제 소년은 늑대를 지킨다 느티나무에 기대 잠든 소
년은 꿈에 울타리를 뛰어넘는 성난 양을 센다 언덕 아
래서 보면 늑대는 꿈이었고 양은 진실이었다

양 한 마리 양 두 마리 선택은 늘 아무것도 아닌 사실

과 보잘것없는 꿈 사이에 있었다 양 세 마리 양 네 마리
사실에 속는 것보다 꿈에 속는 게 나은 법, 양 떼가 돌아
온다.

한때 누구나 선생이었다

교육은 수레바퀴 아래서의 유리알 유희다. 자격증이 있으면 섬마을 선생이 되는 건 어떠니? 지도교수는 말했다. 우선 초를 칠한 널빤지를 엮어 바닥을 만든다. 어두운 곳에 단을 놓고 교탁을 올리면 선생은 태어난다. 눈대중으로 칠판을 나눈 다음 좌상단 2/3 지점에 목표를 쓰고 가볍게 몸을 돌리며 수업은 시작된다.

한때 모두 학생이었다. 난생처음 본 바퀴가 달린 문을 밀어젖히면 천장에는 모빌이 느릿느릿, 먼지 한 점 없는 창문으론 봄바람이 살랑살랑. 세포 하나하나에 자명종을 들이던 나날. 三人行이면 學而時習之다. 그러니까 이건 교육공학 또는 공자님의 테일러리즘Taylorism 기능이 있는 곳에 아름다움이 있다.

"아이는 금 밖으로 자신의 색칠이 나갈까 봐 두려워한다.// 누가 그 두려움을 가르쳤을까?" 다섯 살 아이를 창의 미술 수업에 넣으며 김승희 시인의 「제도」를 왼다. 제도는커녕 아이는 문고리를 잡고 운다. 문 너머에 혼자 남겨지고 싶지 않다고. 누구나 그런 시간이 있었다.

도화지와 물감과 붓이 뒹구는 탁자를 닮아가는 작은 손길 아래 아직은 아무것도 적히지 않은 빈 종이. 미래는 진화 이전에 쓰이는 알레고리다. 아이들은 무엇보다 그들이 살아갈 세상을 닮고 싶어 한다. 우리는 현재의 언어로 과거를 말하는 법을 배운다.

스물에는 진짜 선생이 되고 싶었다. 빨치산에게는 빨치산의 교육이 있지요. 그게 틀렸단 건 누가 알죠? 교육철학 교수는 이마에 먼저 先, 착할 善을 새기고 대꾸했다. 학생을 강단에서 만나는 일이 없기를 바랍니다. 그 의기양양한 모멸감으로 우리는 학생에서 선생으로 진화해간다.

왼쪽에서 오른쪽으로 오른쪽에서 다시 왼쪽으로 몇

뻠씩 삶을 이력履歷했겠지 강단에 서면 혼자 떠드는 소
리에 고요를 느끼고 학생들이 전투적으로 침묵하고 있
을 때 평화를 느낀다. 눈길은 언제고 맞은편 벽에 걸린
초침에 고정한 채로.

　한때 나는 선생을 꿈꿨다 내 이야기가 당신의 이야기
가 그들의 이야기가 궁금해서 모두 함께 어디로 가는지
궁금해서. 선생이란 누구보다 먼저 심려하는 사람이 더
듬거리며 이어가는 삶을 가리키기 위해 발명한 수줍은
이름이다. 한때 누구나 선생이었다.

탑동에서

때로 삶은 바다 건너 뭍에서 치러지는 장례식 같다. 섬 아이들은 결정結晶 같은 눈매에 입을 꾹 다물고 본다. 뭍 말 몇 마디로 시를 떠들다 바다 근처 여관에 자리를 푼 정월 무렵. 해당화는 해안 절벽을 종주 중이다. 메마른 돌 틈에 뿌리를 죄 드러내고도 티끌 날리는 물거품에 붉은 잎 몇 장 떠워 보낸다. 중산간부터는 난데없이 눈발이다. 철 지난 지슬 이파리 누렇게 말라붙은 남방계 식생植生 아래서 내가 놓친 비극은 누구의 말이었을까? 바람이 총알보다 빨랐을까? 파도가 바위를 치는 소리, 기억은 신념을 이긴다. 바다 위에는 오색 돛단배가 가득한데, 눈길이 닿는 돛대는 모두 천천히 가라앉는다. 오름 오르다 몽돌 해안을 서성이듯 망자는 망자의 혈穴 자리에 집을 마련하고 문은 늘 산 자의 등 뒤에서 닫힌다.

누군가는 숨비소리를 품고 있고 다른 누군가는 그걸 다리로 바꿀 마법을 갖고 있다. 이것은 인어의 말 또는 좀네의 경제. 천 길이 아니라 천 갈래다. 물속 말은 물 바깥 말로 번역되지 않는다. 뭍은 멀다.

에레혼

　박속같이 하야니, 달 떴나 먹장 같은 어둠 속인 것을. 무슨 무슨 산이 있는 모양이고 물줄기에 폭 안긴 마을이다. 마루에 댓돌에 문고리 하나까지 이상스레 낯익다. 처마 아래로 구멍을 얼기설기 가려 세운 바람벽. 윗목에 죽은 듯 모로 누워서 이마 위로 새벽빛 떨어지는 쪽창을 올려다본다. 팔을 휘저어 살피니 아내와 딸아이는 곁에 곤히 잔다. 여긴 또 어딘가?

　이제 갓 들어선 꿈속 같기도 하고. 어디가 남이고 어디가 북인지 가늠이 없다. 젖니 돋는 울음으로 짓씹어 놓은 듯, 말간 손톱 같기도 한 것이, 배꽃 벚꽃 꽃 이파리 날리는 가지 끝이 환하다. 선반에 놓인 채반에서는 달래 냉이 푸릇푸릇 익어가고. 봄나물 한 움큼 뜯어 뜨끈한

국물이라도 끓여 마주 앉으려나. 향긋한 찻잔을 잡고 구름 밖의 봄 노래라도 아껴 들으려나.

그래도 올봄은 헛되지 않아 즐거이 보내게 되었답니다. 애써 상을 내놓고 돌아서는 주인장은 덤덤하니 말을 아낀다. 하늘 말고는 아무것도 없는 봄 하늘, 발아래로는 폭신한 황토밭이다. 머리 위로는 부드럽게 주름진 이파리들이 연신 몸 뒤채는데. 돌아오는 길에 물으니 그이에게는 오래 묵은 병이 있다고. 그러냐고. 끄덕이면서도 무슨 병인지 묻지 않았다.

젖은 칫솔이 마를 때까지

고향에서는 부추를 솔, 달래를 달롱게랬다. 이제는 누구도 고향 시를 쓰지 않는다. 촌스럽게 나는 달롱게 솔 따위를 살려 쓰곤 한다. 써놓고 보면 종종 이북 말일 때가 있다. 그래서일까? 한때 나는 함경남도 함흥 출생으로 알려졌다. 가끔은 내가 시인이 아니라 살아 있는 문장이라고 여긴다. 오래전 누군가가 처음 낚아채고 구두口頭를 뗀 시 한 줄. 내가 처음 배운 시는 만장挽章 축문이었다. 모월 모시 남향 벽이 배가 불렀다. 복수腹水가 차듯, 이제 그 이름이 누리를 채운다…… 짚단 태우는 골목을 돌아 기 잡기를 하고 돌아오던 날, 대문 문고리를 잡아당기면 온 세상이 잠잠했다. 이웃에 농아가 살았댔는데 동네 상두꾼이 말을 빨리 배우는 약을 처방했다. 상두꾼은 부적을 태워 하늘로 날리며 주문을 외웠다. 오

래지 않아 입이 트인 놓아는 말끝마다 재가 폴폴. 잊을
만하면 고향 시가 찾아온다. 만장을 들고 절벽을 따라
걷듯, 심연을 향해 떠밀려가는 물살 위에서도 누구나 제
몸뚱이 하나쯤 안아 올릴 물살의 부력을 노래할 수 있
다. 끝이 보이지 않는 어둠 속에서도 사람은 스스로 잠
들기 위해 자장가 한 소절쯤 부를 수 있다. 곡조가 죽음
마저 건너기 바라며.

물빛

여긴 여울이 깊어 사람 손을 타지 않은 물인데, 작고 마디진 이파리들이 줄지어 깊은 데로 춤추듯 발끝을 세우고 잠기어가는 걸 본다.

물속에 핀 꽃은 잎이 질 때마다 파문이 인다 종이 울린다.

머리카락을 강물에 드리우면 물고기들이 숨어들겠지 물고기들은 꽃잎을 먹어 치울 거야, 볕 좋은 겨울날 가로놓인 전봇대 다리에 앉았으면 엉덩이골을 타고 전기가 오르는 듯.

종 배꼽에 아가를 묻어 울음을 키웠다는, 파동을 따

라 허방으로 피어 절벽으로 저무는 가래 마름 여뀌 순
채 부들, 하나같이 유령을 닮은 이름이다.

　빛이고 향이고 나 몰라라고 짓이겨지며 반짝이는 물
빛마다 찢어지며 가라앉는 이파리, 거무튀튀한 물낯에
볼을 대고 문득 흔들리는 게 느껴져 온몸을 더듬어보면

　상처 안으로 빗줄기가 들이치던 시절, 영문 없이 맑
아서 외려 깊은 어둠 속으로 저 혼자 춤추며 가라앉는
꽃잎이 하나 거무튀튀한 물속으로 이름도 없이.

희년

구랍舊臘 스무여드레, 모세는 바위를 긁어 법을 새기고 뿔소라를 불었다.

버리고 떠나기 좋으라고 마련한 것 벽도 창도 없는 굴에 비바람 겨우 막아선 갈대 발 몇 장, 밤은 어둡게 마련이지 그러니 버리고 떠나자 맘먹고 눈감으면 거기가 집이었다.

믿음이고 전쟁이고 이유가 있겠지 이유가 있다면 이유가 끝나야만 할 이유도 있겠지, 말벌은 죽어서도 침을 쏜다 퉁퉁 부어오른 손아귀로 움켜쥐는 모래 모래 안에 숨겨놓은 반지 모래는 새 나가고 반지는 자취도 없었다.

어렵사리 절경絶景을 마주하고 앉아서도 버릇처럼 가
난과 정치를 떠올리는 아무개가 얼어 터진 발바닥을 지
그시 누르며 버텨온 힘으로 새살이 돋도록 길을 재촉한
다. 발바닥이 사막에 뿌리박히는 기분이겠지 등에 구름
을 얹고 앞서가는 나귀도 옆구리로 피가 흐르고

등허리에 내리꽂히는 쐐기문자처럼 쏟아지는 겨울빛
에 발목을 할퀴어가며 이방인의 옷을 빌려 입고 희디흰
쌀알을 토해내듯 비굴한 웃음을 흘리며, 죽은 자의 꿈속
까지 쫓겨가던 아무개가 매달린 채로 썩어가는 열매를
먹고 썩어 문드러진 열매를 팔아 연명하던 아무개가

언제까지 척척한 알을 낳는 짐승의 배나 가를 건가?
지팡이를 바위에 꽂아두고 보면 왼쪽은 검은 그림자 오
른쪽은 회색 그림자, 영원히 살아가기만 하면 아무 문제
도 없는 걸까 연명하는 영면하는 영원 속에서 모래바람
을 내장에 재우며 뻘밭을 기는 뿔소라는 뿔이 아프겠지.

어디는 따뜻한 눈이 내리고 뜨거운 얼음이 언다는데
이상한 꽃이 사철 피고 져서 눈보라 속에 버찌 꽃 활짝

핀 땅이 빛난다는데, 이파리가 태양이라도 된다는 듯이
한자리에 모여 앉아라 새 술을 빚어라 창칼을 내려놓고
창고와 감옥을 열어라 발아래 땅을 걸음 수대로 나누고
죄와 빚과 병마저 나누어 가져라.

　모세는 시팡이를 들어 바위에 법을 새겼다.

진달래 산천

전쟁에서 죽어 돌아온 이는 둘이었고 그중 하나는 작
은할아버지 죽은 자의 아버지가 살았을 적까지 호국보
훈대상자의집 명패를 달고 있던 집에서 나는 태어났다
가까스로 빨갱이 집안 소리를 면했는데

작은할아버지는 무지렁이 목수였다 젊은 아내는 재
가했다 이따금 죽은 남편 제상에 메를 올렸다 아버지
여남은 살 적 벌교 시장에서 만난 작은어머니는 여전히
고왔고 홍교 다리 아래로 솜털 보송보송한 조카를 데리
고 가서 볼을 씻겼다

이제 전쟁은 일어나지 않습니다 모든 전쟁은 민간인
의 전쟁이기 때문입니다 한동안 나는 관심병사였다 여

태도 군 시절에 쓴 수양록을 버리지 못한다 한때 우리 가운데 북에서 온 시인들이 섞여 살아서 누군가는 손가락을 잃고 누군가는 자아비판을 당하고

누군가는 수용소에 갇혀 생니를 몽땅 뽑아내고 살아남아 「김일성 만세」를 썼나 북에서 온 선배늘은 죽기 전에서야 「북의 고향」을 쓸 수 있었다 전주에서 북으로 간 어느 화가는 죽을 때까지 남한의 진달래만을 그렸다는데 진달래 개화 지도가 강원도 철원쯤에 이르면 북녘은 어느덧 5월이다

그것도 봄꽃이랄 수 있을까 진달래 여름에서야 피는 봄꽃
차라리 그 환상이 가까스로 통일에 가까운 것이어서……

꿈에 북한 시인을 만난 적 있다 통일 조국에서는 시제를 배급했고 우리는 9등급 시인이어서 아무도 쓸 수 없는 단어만 배급받았다 이제 우리는 어떤 시를 써야 할까요? 우리는 함께 대학로를 걸었다 북녘 시인은 간

판 하나를 가리키며 내게 묻는다 저건 무슨 뜻이지요?

우리에게는 변변한 사전조차 없었다 아주 먼 옛날 DMZ라는 데서 미국 대통령 도널드 트럼프와 북조선 공화국 지도자 김정은이 만나 악수한 적 있다는데…… 나는 가끔 사랑하는 선배 시인에게 묻는다 통일이 되면 그때도 우리는 시를 쓸 수 있을까요?

내리는 빗속에서는 모두 우는 사람 얼굴을 하고 웃는다.

괴목

달빛 속에 기다란 매듭처럼 엉킨 길 ㄲㅌ머리

기름때 묵은 침목 아래 아이를 묻는다는
어느 먼 도시의 이름이 새겨진
열차 한 량

굽고 파인 모퉁이 하나 없는 길을 달렸겠다
먼지 한 점 내려앉는 법 없이

입술을 일자로 앙다문 역무원이 전하는 다음 행선
지는
　응……
　응……

고개 숙이지 않고 젖지 않고
강 물살을 거슬러 오르는 법은
지금 여기를 버려두고 떠나는 것

버찌 향 가득 밴 기나긴 터널을 덜컹거리며

자줏빛 꽃 이파리 하늘거리는 달빛 아래
누군가 돌아올 것만 같은 밤
이상한 꽃이 피어나는 밤이다

버찌는 작은 심장을 닮았다.

꿈의 숲

내게는 뿔이 있다

아내 모르게 산 중고 노트북이 있고 쓸모를 초월하는 세간살이가 있고 알 수 없는 충동이 있다.

밑도 끝도 없이 그것들을 끼적여왔지만 내가 진정 바라는 건 대체 무얼까?

대문을 나서면 야트막한 언덕이다 거기서 버스를 타고 얼마를 더 가면 꿈의 숲이다 뾰족한 잎 사이로 잘게 부서지며 쏟아져 내리는 빛줄기 숲에 들어서면 어쩐지 조금은 잘살고 있는 것만 같은 착각.

친구의 결혼식에 초대받지 못하고 영문 모를 부고장

을 받아들고 어리둥절하는 사이에도 적당히 거리를 벌리고 선 나무들의 억겁 윤회 나무는 사슴벌레 장수풍뎅이가 뿌리를 쏠고 있는 둥치마다 어디서 왔는지 알 수 없는 짐승 한 마리 품어 키운다.

가느다란 뿔은 한없이 가지를 쳐가며 하늘을 뒤덮는다 어둠 속에 파란 눈을 반짝이며 하늘 한 귀퉁이를 쏠고 있는 짐승 한 마리 이쪽 뿔에서 저쪽 뿔을 가로지르는 별자리 같은 이름들이 남았다.

누군가 나무에 못을 치고 톱으로 뿔을 잘랐겠지 잘리고 뽑힌 자리에 남은 구멍에 눈을 대고 보면 깊이를 짐작할 수 없이 뻗어가는 허방 하나 차원을 짐작할 수 없는 우주를 헤매는 배 한 척 있다 치자 그런 마음속에서만 가라앉았다 솟구치는 고백은 살아남아서.

내게는 뿔이 있다 누군가 나를 숲에 가뒀다 그 밤에는 온 마을 사람들 귓속으로 장대비가 들이쳤다 하늘에는 붉고 둥근 고리에 옥친 두 개의 달이 차오르고 밤이면 파란 눈을 횃불처럼 치켜뜨고 혀를 날름거리며 뜨거운 콧김을 쏘이는.

　정수리를 만져본다 우리에 갇혀 구름을 뚫고 달을 꿰
고 어둠 속으로 뻗어가는 뿔, 뿔이 돋았던 자리
　내게는 뿔이 있다.

불꽃놀이

불꽃이 터질 때마다

소용돌이와 깨진 유리 조각

내게 작은 틈이라도 허락된다면

그 틈으로 온 하늘이 쏟아지는 걸 볼 수 있겠다

불꽃이 터질 때마다

다시는 깨지 않기로 다짐한 약속들을

파기했다 하늘 너머로 내던져져

금이 가는 얼굴로 별이 돋아나고 있어

불꽃이 터질 때마다

항성은 제 피를 덥혀 나눈 빛으로

행성을 끌어당긴다 돌고 도는 모든 것들

살아 있어서 주리고 빛바래고 들뜬 모든 것들은

불꽃이 터질 때마다 그림자를 내린다
불꽃이 피었다 사그라드는 순간
그림자는 잠시 제가 거느린 몸보다 크고
불꽃이 피었다 사그라드는 순간 사라지는 사랑의 말
들이

불꽃이 터지고 나서도
깨지지 않는 납덩이로 빚어진 것은 누구의 목소리일
까?
귀에 물이 차오르듯
돋아나는 기억들

불꽃이 터질 때마다
불꽃을 센다

사슴을 지켜라

(fade in) 어둠이 가득 고인 거울, 그 위를 구르는 수은
알들

(close up) 거울 모서리에서 천천히 하나로 합쳐지는,
배아 같기도 하고

(wipe out) 감자 같기도 한 열매 하나

(full screen) 확대된 열매 표면에서 싹트듯 솟구쳤다
허물어지기를 반복하는 벽 또는 이파리

(music)

(credit)

이하 장면들은 벽-이파리에 dissolve 되는 오브제
단위로

극 내내 강물이 밀려오듯, 장면 밖에서 들려오는 목
소리

S#1 (초점을 옮겨가며 iris in) 밀짚 베개, 차라리 평상에
가까운 침대, 구겨진 가죽 장화

Nar. 당신의 눈농자로 나를 바라보는 꿈. 오롯한 내
꿈속에서 나는 나를 마주 본다. 말 한마디 없이도 충분
히 강한 언어로 법을 만들고……

(초점을 옮겨가며 iris out) 반창고, 반짇고리, 수첩과 지
도, 빵과 차, 장갑과 목도리

S#2 (full screen) 이파리에 서서히 돋아나는 유리창
　창밖으로는 붉은빛이 차오르는 시 외곽 풍경 그 언저
리서부터 무너져내리듯

(잠시 암전 뒤 서서히 fade in) 유리를 그으며 파란 구름
이 지나간다

Nar. 사물은 시간을 고정한다.

(먼지가 내려앉은 탁자 over lap - close up 압핀으로 찔러놓
은 편지 봉투)

Nar. 탁자에는 밖을 떠돌았던 오랜 나날의 향기와 한

숨이 고여 있다.

S#3 깨진 유리창, 소용돌이

Nar. 글자가 만들어지기까지는 後가 과거를 前이 미래를 의미했다지.

Nar. 먼 훗날 이런 일이 있었어.

(echo 흡사 먼 데서 기차가 달려오는가 싶은 재봉틀 소리 서서히 잦아들며)

Nar. 모든 게 정상이었다면 씨 뿌리는 시절이었을 거야. 썩어 문드러진 열매를 팔지 않고서는 살아갈 수 없는 사람이, 숲 덤불과 재색 구름과 불꽃과 연기를 구분할 줄 알았던 사람이, 잿더미 속에 박힌 씨앗처럼 한 자리에 붙박인 채 제 발아래 빙글빙글 공전하는 세상을 노래했다. 그저 멀고 하얀 이미지 속에 무너졌다 다시 세워지는 집 한 채를 돌아갈 수 없는 길 어딘가에 놓인 지붕과 벽을.

열매는 서서히 부패하고 (dissolve) 배아에서 무수히 돋아나는 이파리들

소용돌이치며 나부끼는 이파리는 서서히 낱권의 책

장으로 변한다.

　구겨진 가죽 장화를 신고 무릎에 팔꿈치에 가죽을 덧 댄 코르덴 작업복을 입은 사람

　S#4 그 방, 그 탁자에 앉아 있는 그 사람 뒷모습, 쓰고 있다.

　Nar. 버림받은 우중충한 거리에 서면 이방인이라는 걸 알게 돼. 이렇게 쓰는 데만 정신이 팔려서 쓰는 자라는 사실조차 잊어버린 필경사들이 줄 서서 기다린다. 재를 삼킨 입술로 불행을 이야기하려 안달 난 사람처럼. 글자가 늘어날 때마다 마치 앞뒤 위아래로 얼굴이 하나씩 늘어나기라도 한다는 듯. 입술이 하나씩 늘어나기라도 한다는 듯.

　S#5 (pan) 밀짚 베개 …… 장갑과 목도리. 그 사람 뒷모습, 계속 쓰고 있다.

　(insert 글자 차례로) '얼굴이…… 입술이 하나씩 늘어나기라도 한다는 듯.'

　S#6 그 사람, 일어난다. (close up 입술) 목소리가

narration에서 monologue로 대체되며

(독백)

완결된 이야기가 있는 고백은……

(cut back 입술과 발걸음, 손짓과 머리카락, 무릎과 가슴)

(독백 계속)

이야기와 이야기 사이에 침묵이 끼지 않으면 고백은 정지한다. 고백과 침묵은 당신의 문법, 모든 것을 끝이 있는 단 하나의 이야기로 되돌리는 자는 누구인가?

(계속해서 cut back 무릎과 가슴, 손아귀와 목덜미…… 점점 빨라지며 다음 장면으로)

S#7 (pan) 얼어붙은 구름 아래 자갈 더미 아래 침목을 연상시키는 갈라 터진 손바닥

(독백 계속)

예전에는 평범한 시인이었지. 따뜻한 눈과 뜨거운 얼음 속에서 돋아나는 이상한 식물에 대해서, 눈알이 하나뿐인 새와 털이 북슬북슬한 물고기에 대해서 노래했어. 정수리에서 돋아난 사슴뿔이 구름을 뚫고 달을 꿰고 어둠 속으로 뻗어간다고도 썼지만…… 닭이 그냥 새지 뭐겠어…… 날아보겠다고

S#8 그 사람 (track back) 그 방 전체를 담아내다가

Nar. 당신의 눈동자로 나를 바라보는 꿈. 새들은 방향도 없이 밤하늘을 이리저리 날아다닌다. 어지러운 날갯짓으로 마치 하늘을 지워버리기라도 하겠다는 듯이.

소용돌이, 깨진 유리창 (서서히 fade out 되며) 완전히 암전

(full screen) 새카만 화면

배를 당기듯 화면은 한 장 먹지가 되어 스크린 안으로 빨려 들어간다.

(echo 흡사 먼 데서 기차가 달려오는가 싶은 재봉틀 소리 서서히 잦아들다가)

(music)

(credit)

모래성이 차례로

검은 물
금 가는 파도

스미는 렌즈
갈라지는 입맞춤

두려움 없이
도사리는

눈빛 정확하고
달아나는 모서리

포개는

혼잣말

끝없이
먼 데 삼키는

먼 데
스러지는

음악 없는 말

　이건 뉴질랜드 원주민의 노래. 거기서는 다른 사람의 슬픔을 속이 꽉 찬 조가비에 비유한다. 21세기 음악사는 네 개의 벽을 가지고 있고 작은 방은 음악을 가두고 있어. 벽은 마주 서 있고 벽이 좁을수록 음악은 멀리 퍼져나가. 언젠가 흰색 강돌을 주워 쌓은 커다란 벽을 세울 거야. 천장은 하늘을 향해 뚫어놓은 다음 거기에 내가 모은 일생의 음악들을 전시해 놓고 싶어. 거기서는 다른 사람의 슬픔을 속이 꽉 찬 목울대에 비유하겠지. 여기 오래 앉아 있으면 성에 낀 창틀마다 남은 빛이 스며드는 게 보여. 빛이 스미고 음악이 퍼지고 매끈한 도기처럼 반짝이며 지워지는 어둠 속에서, 오래전 약속을 나눈 사람들이 돌아오는 게 보이지. 너도 이제 아저씨가 다 되었구나. 너는 마지막 시인이 될 거다 아마도. 음악이란 그런 약속이니까.

봄꿈

바짓단에 구두코를 문질러 닦고 집으로 들어선 것이 언제였나 배낭을 끌러 인형과 초콜릿을 내놓으면 무릎 베개하고 잠들었을 아이의 꿈속에서 가만히 흔들어주는 유치乳齒 잇바디 가지런한 꿈속에도 이제는 아무도 살지 않는 걸까

바깥은 병든 꿈 서재에 혼자 남아 가상 회의실을 전전하다 모니터 바깥에서 바지런할 눈빛 손짓을 상상하는 사이에도 어쩌면 자연이 이토록 인간이었던 적이 있었나? 한 마디씩 움직일 때마다 변함없이 그림자를 이끄는 손끝으로 전하는 이모티콘

아이는 마스크 쓰고 엄마 손잡고 동물원 갔다 사슴

과 홍학과 코뿔소는 이태째 휴장 중이었다 구름에 걸린 후름라이드 포대를 뒤집어쓴 회전목마 안개 대신 비말飛沫이 떠다니는 장미 터널을 지나면 앙상한 가지 사이로 시든 잎을 떨구던 기억은 꿈만 남아서

눈 녹은 평상 아래로 봄빛이 숨어드는 오후 겨우내 응달에 둔 율마는 웃자란 검은빛이다 모두 숨어버린 꿈나라에서 사슴뿔 부여잡고 어스름이 스며든 호수를 건너려나 날이 밝도록 별빛을 헤아리려나 이름도 없이 지는 별빛이 스며드는 작은 입술 꿈이 바뀐다면 바로 그 입술 언저리려나

종이 인형

머리카락은 조금 더 부풀려
바짓단은 조이고 전투화에 별 가루 한 줌
까슬까슬한 새 유니폼에서 풍기는 시너 내음
나의 영웅들은 기댈 벽이 필요하다

벽에 뚫린 못 자국을 오래 들여다보듯
종이는 앞면 뒷면 뒷면 앞면
천연색으로 표정을 짓고
써걱써걱 무쇠 가위가 전진한다

오늘의 룰은 동틀 녘의 시가전
나의 영웅들은 붉게 달아오른 뺨을 내민다
위장크림도 수류탄도 대검도

두려움도 증오도 모두 모두 종잇장

각을 잡아 접은 면을 따라 길은 내면서
무쇠 가위는 다음 스테이지를 향해 전진한다

팔락이며 닳아가는 봄뿅이 하나쯤이야
가뿐이 안아 올릴 가윗날을 믿어
미처 그려 넣지 않는 눈동자 가득
어둠이 들어 있어, 가라앉았다 떠오르며
스스로 잠들기 위해 자장가를 부르는 나날

써걱써걱 무쇠 가위가 전진한다
바람에 떠밀려 팔락이는 순간에도
젖어 곤죽이 되어
이름마저 녹아 사라진다 해도
종이는 앞면 뒷면 뒷면 앞면

나의 영웅들은 기댈 벽이 필요해
절취선을 따라 일렬로 늘어서서
어두워가는 종이 벽에

얼굴을 그려 넣는다

올해의 안부

다리가 많은 벌레가 쏟아지는 꿈인데
누구도 지붕을 내려주지 않았다.
벽에 벽을 덧대며 창에 창을 얹으며 버텼다.
집 밖으로 한 발짝도 나가지 않았다. 변함없이
제자가 왔다 가고 아이가 자라고 머리카락이 빠졌다.
새벽을 기다려 뒷산 바위 아래까지 도둑 산책을 갔다.
마스크를 벗고 고함을 질렀다.

누구도 이전으로 돌아갈 수 없을 것입니다.
지금은 이후의 삶 이후의 인간을 고민할 시간입니다.
훗날 시간을 되돌리고 싶어진다면 그 시점은 바로 지
금일 것입니다.
살아 숨 쉬는 묵시록을 써나가는 확진자 보도 앞에서

비유는 무용지물이었다.

더운 숨을 내뱉고 미지근한 땀을 흘리는

재난은 인간의 분비물, 서로가 서로에게 검은 피부를 선물하듯

독순술은 독심술이 되었고 서로의 피부로 무얼 만들 것인가?

QR 코드를 손바닥에 새기고 적외선 카메라 앞에 줄지어 서면

언제부턴가 발 딛고 선 땅이 체열로 자가 발전하는 것만 같아.

서로가 우리라 여겼던 삶의 반경 너머로 위리안치하고 나서야

아무나 스쳐 지나던 순간이 누구나 곁에 있는 삶이었음을 알게 되고

맥박이 한 번 지나갈 때마다 살갗에 아로새겨지는 무늬가 기억이라면

전염되는 것은 비탄이거나 사랑일 것

오늘 인간답다는 것은 이렇듯 불구가 된

짐승이 되어 짐승의 병을 나누어 가진 서로를

무연한 눈으로 바라보는 일.

죽은 꽃이 바람 반대편으로 기어가는 계절
흩날리는 꽃 이파리와 가시에 스민 냉기 같은 것들
말라붙은 어항 속에 반짝이며 트이는 한 점 기포 같
은 것들
혀뿌리와 이빨이 맞닿아 내는 아가의 첫 웃음소리와
같은
소리 없는 인사들, 딱 그만큼이 우리 몫으로 주어진
인사일 것
따스하고 영롱한 체념이 필요하다는 듯
병으로 인유되는 오늘의 안부, 비유가 멎은 밤이 오
자 빛이 걷혔다.
우발성과 우연, 결코 도달할 수도 완결할 수도 없는
완전한 객관성
갈증 속에 별이 가라앉는다 익숙한 리듬으로, 어제의
하늘 아래
새로 태어난 오늘의 구름이 지나고 있다.

*

깜깜한 한낮에 북극의 양치기는
종을 울려서 짐승이 길을 벗어나지 않게 한다.

소리가 길을 이끌고, 짐승은 피어오르는 연기를 보면
발굽에 힘을 줘
길을 찍어누르고 우뚝 멈춰 선다. 나뭇가지에서 마른
눈이 떨어졌겠지.
짐승이 연기라고 생각한 마른 눈이 길 끝 침엽수림을
따라 낮게 퍼진다.
양치기는 눈더미에 햇불을 꽂아두고 짐승을 기다리
겠지.

겨우내 해가 지지 않는 땅을 향해 손을 흔들며
짐승을 몰아 탈것을 끌고 얼어붙은 땅을 건너는 사
람들
불씨를 잘게 갈라 봄이 오도록 지지 않는 겨울빛을
대신하는 사람들
얼음과 핏속에도 스미는 한 모금의 숨, 숨을 기억하
는 사람들

심지에 불붙여 높이 치켜든 불과 바람으로
모두 이 공기를 기억할 것이다.

나는 여기 있고 우리는 함께했다.

미탄

방림 넘어 미탄 지난다.

미탄美灘에서 바위는 비로소 주저앉는다.

감아 옥쥔 물길을 풀어놓고 무너진 바위

양어깨를 치고 넘는 물살에

일없이 비칠대는 강원도 소나무

눈썹까지 털모자를 눌러쓰고

차령車嶺 이북으로 밀려가던 밀정들처럼

북으로 또 북으로

고개를 빼고 나란하다.

물도 나무도 방향을 정해 흐르고 기우는데

사람 사는 데라고는

장마당에서 골목까지 잘고 멀고

아스라하기만 하다.
조양강 물살은 씨앙씨앙
굽이쳐 도는 물길에 비하자면
맥없이 사랑이라고
노래라고 부르는 물건은
느닷없이 고즈닉한 정처 없음
누가 이런 데 정붙이고 살자, 처음
아라리를 불렀을까? 애먼 짐작에도
강 하나에 읍 하나, 몽땅 품어 안고
넘치는 물빛 지도 하나 그려놓은
거기, 정선에서

철이 덜 들었더라면
사북이나 고한 그런 이름이나 맴돌았으련만
미탄 지나며 보았다.
사북이니 고한이니 딴 세상 사정이라는 듯
바위는 여전히 새까맣더군.
검은 바위 아래 오십 년을 누워
기다렸을까, 한세상
건네 한데 모시자고 어머니

잠든 아버지마저 깨워 일으켰다 했지.
한 번을 붓끝에 올린 적 없는 아버지련만
산 이름이 하필 문필봉文筆峰이랬나.
꽃피는 기압골은 평창 방림 지나
미탄 정선을 치받아 북상 중인데

기우뚱
웃자란 소나무에 먹을 찍어
합장合葬이라고 써본다.
느닷없이 물길이 한데 모이고
장단이 무장무장 포개 울리더니
오래 묵은 강물 옆구리로 단숨에
숲 하나 들어차 안기는 저물녘
녹음 짙은 어둠에 기대서
녹음 짙은 어둠에 잠겨서
한동안 여리고 먼 빛을 바라보고 서 있었지.
내내 그럴 것 같은 예감에 기대서
내내 그럴 것 같은 예감에 잠겨서
방림 지나 미탄 돌아
정선에 들면

그저 또 미탄하고 미탄한 삶이
조양조양 잠기다
씨앙씨앙 스미는
물소리 바람 소리조차
그저 또 미탄하고 미탄하다고.

일요일들

엿새 밤낮 쉼 없이 일해 집 한 채 올렸다
푸른 지붕을 얹은 작은 공을 닮은 오두막을
이레째 제멋대로 굴러가는 집을 버려두고 난롯가에
앉았다

두 발을 지붕에 걸치려 거꾸로 걷는 친구가 있다
사다리 위에서 내려다보는 눈빛으로 구두코에 이마
를 박은 친구가 있다
오늘은 모두 같은 시간 속에 손을 모으는 날
여태 몸을 일으켜 걷게 하는 힘은 설익은 기도뿐이
라서

먼 데서 돌아오는 종소리 은은하게 파문을 그리듯

제 자리에 멈춰서서 행운의 열쇠를 헤아려보는 날
지난 엿새 동안 잃어버린 것들을 재발명하는 날

실타래처럼 종잡을 수 없는 거리를 지키면서
서서히 엉켜가는 꿈이 하나 있다 그러니까
지난밤의 악몽은 당신 삶을 에워싸고 노는 풍경에 부
치는 밀서

저마다 최고의 순간만을 산다 지난날은 다가올 날의
일부다
과거는 곧 미래이며 알 수 없는 것은 바로 지금이다
현재를 멈출 수 있다면 뒤로 걸어보는 것도 나쁘지
않은 날

온몸이 세포 하나까지 흔들리고 있다면
두 다리를 땅속 깊은 데 붙박아두는 것도 나쁘지 않
을 날
들어봐 잠든 아가의 굳게 여민 눈꺼풀이 파르르 떨리
는 소리를

푸른 실핏줄로 뒤덮은 작은 별 하나가
보송보송 말라가는 아가의 발가락
하나하나에 지어주는
노랫말 그 여린 떨림

어리고 어엿븐 나라

이마를 만져봐 내게 남은 시간이 얼마인지 말해줘
눈을 감았다 뜨며 그는 말했다 그는 눈알이 네 개인데
눈동자가 유난히 커서 사람들은 그의 눈이 두 개인
줄 알았다
그는 시계방향으로 눈을 감았다 뜨며 잠을 잤고
눈꺼풀 하나를 닫을 때마다 새로운 꿈을 꿨다

오른쪽 아래 눈꺼풀 안쪽에서 하늘이라는 글자가 태
어났다
거북이 등껍질처럼 갈라진 땅에 씨앗을 뿌리고 물을
길어다 붓던 여인이
타버린 보리 이삭을 움켜쥐고 울며 올려다보는 하늘
이었다

그는 그녀를 자신의 꿈 밖으로 데리고 나와서는
새로 열린 하늘 아래 나란히 서서 아내로 맞이했다

다음 날 그의 꿈은 콧등을 넘어 왼쪽 아래 눈동자로
옮겨갔다
새들이 부리를 닦는 파도에 불이 붙는 꿈이었다 사나
운 기세로
불꽃을 날름거리는 파도가 온 땅을 집어삼켰다 그렇게
갈라진 대지가 아물고 촉촉이 젖은 밭두둑에 새들이
발자국을 남겼다
그는 새들이 남긴 발자국을 이어서 땅이라는 글자를
만들었다

그렇게 만들어진 하늘과 땅 사이에 아내와 나란히 앉
은 그는
눈꺼풀을 차례로 감았다 뜨면서 눈썹 끝에 반짝이다
사라지는
별빛을 헤아렸다 날이 밝기 전까지 세상은 아직 아름
다운 것들이 많았다
마지막으로 그는 하늘과 땅을 가득 메운 빛 무더기

속에서
　사람이라는 두 글자를 보았다

　그렇게 스무여드레가 지났다 기록에 따르면
　그날은 천지가 감동해서 오색 곡식이 쏟아졌고 그가
꿈꾸는 밤이면
　밤새도록 귀신이 울었다 사람들은 그가 만든 글자로
노래를 지어 불렀다
　노래의 문제는 대개 사랑에 관한 것이라는 점이었다
　그의 꿈속에는 이제 아무도 살지 않지만 누구나
　상대의 눈썹 끝에 맺혔다 바스러지는 글자 하나쯤은
읽을 수 있었다

불타는 교과서

이 책은 묘비명을 기워 만든 계보다

새된 기계음이 울리는 어둠 속에는
어깨를 떠는 짐승이 한 마리

마치 작은 언덕에 불과하다는 듯
지그시 내려다보는 눈빛으로 노래한다

촘촘히 박힌 별빛을 따라
마방진을 만들어놓고
익숙한 곡조로 울려 퍼지는 메아리

선지자의 계명이거나 박해자의 신음이거나

다가올 시간에 밑줄긋는 묵시록
어제 그린 꽃이 오늘은 물이 되는 마법

셀 수 없이 많은 이명을 거느리고
스스로 비명을 새기는 유령처럼
영정 사진 속에서 눈뜨는 짐승들

흉터를 헤집어 집을 짓고
우글거리는 빛을 찾아 몰려오고 몰려간다

지친 다리를 가지런히 모으고
무릎을 두어 번 쓸어내린 뒤
마른세수 한 번

끝까지 갈 수만 있다면
숨결이 이끄는 대로 손목을 놀리지
저마다 제 운명의 지휘자들

어차피 정치 아니면 로맨스였다
광대 아니면 미치광이였다

저도 모르는 사이 턱이 들리고
빈 하늘 언저리에서 맥을 놓아버린 눈빛

잿더미 속에서도 되살아나는 노래

가오리

뾰족한 잎새를 틔우는 가지 사이로 바람이 얼레를 감아채는 소리

가장 흐린 하늘이 가장 맑은 물살이라 여기며 날아가고 있었다 뒤채고 파닥거리며

검은빛이 도는 녹색 떳장과 서슬 푸른 그림자를 거느리고 선 전나무 숲길로

고운 유리를 개어 바른 듯 햇발은 툭툭 끊어지고 있었다 언제였던가

제 손으로 잘라버린 실패를 되감으며 바닥에서 바닥

으로 다시 바닥 깊은 데로

시인의 말

내가 아끼고 사랑하는 모든 것들이
내가 아끼고 사랑하는 모든 이들을 열쇠로 삼아

도달할 수 있는 저 문턱 너머에 도사린다면

모든 것이 시작되었을 작은 점을 투과해서 기어이
다른 세상으로

사랑과 증오와 믿음과 공포 그것마저
튕겨내고도 쓰러지지 않을 중심을 지키면서

누구도 가본 적 없고
누구도 떠나려 하지 않을 그곳으로

깊고 깊은 우물 밑바닥을 떠도는 유령처럼

죽지 않을 희망과

기꺼이 죽을 수 있는 용기에 대하여

그 모든 우연과 불가능은

마침내 전회轉回였고 도약이었노라고

시는 눈 맞추지 않는다

박혜진(문학평론가)

1. 스스로 도는 힘을 위하여

이 책에 수록된 편편의 시를 읽으며 신동옥에게 시란 불면의 밤을 지새우는 자신에게 불러주는 자장가일지도 모르겠다고 생각했다. 내가 나에게 불러주는 자장가는 어디에도 도착하지 않는 독백이자 끊임없이 제자리로 돌아오는 돌림노래다. 잠들지 못하는 인간에게는 의식의 불을 꺼줄 노래가 필요하다. 하지만 어떤 타인도 자신의 의식을 멈추게 할 수 없다면 자장가를 불러주는 한 사람은 자신이 되어야 할 것이다. 노래하는 동안에는 잠들 수 없다. 잠들지 못하는 시인은 피로한 동시에 피로한 자신을 위로한다. 정신적 피로와 만성적 수면 부족에 시달리는 곤혹스러운 상태와 쓰러진 마음을 일으키는 치료의 언술을 한몸에 지니고 있는 시인은 피로와 위로의 공동 주체다. "스스로 잠들기 위해 자장가를 부르는 나날"(「종이 인형」)이 시인의 삶이라면 잠들 수도 없고 그렇다고 잠을 거부할 수도 없는 상태야말로 시인의 존재 조건일 것이다. 날마다 자장가를 부르지만 아무도 잠들지 않는 불면의 세계에 혼자 깨어 있는 고독한 보초병. 신동옥이라는 한 시인을 떠올리면 나는 쓸쓸한 자장가부터 떠오른다.

『달나라의 장난 리부트』에 대해 이야기하기 위해 김수영의 시집 『달나라의 장난』에 대해 말하지 않을 수는 없을 것 같다. 『달나라의 장난』은 1959년 춘조사에서 '오늘의 시인 총서'로 발간된 김수영의 첫 시집이자 사실상 마지막 시집이다. 김수영이 살아생전 출간한 유일한 시집이 되고 말았다는 점에서 상징적인 의미가 가중된 책일 뿐만 아니라 1957년 시인협회상 1회 수상자로 선정된 이후 출간된 첫 시집이라는 점에서 김수영에게, 그리고 한국 현대 시단에 던지는 의미가 각별한 시집이기도 하다. 그러나 상징은 상징일 뿐이다. 『달나라의 장난』에 수록된 시들은 이후 그가 발표한 시들에 견주어 특별히 높은 성취를 인정받지는 못하는 것 같다. 그의

정신세계를 대표하는 시들과 나란한 자리에 놓이지도
않는 형편이다. 그런데 어쩐 일인지 참여 시인 김수영이
아니라 피로를 호소하고 두려워하는 동시에 경멸하는
인간 김수영이야말로 한층 김수영스럽게 여겨지고, 그
런 김수영을 생각하는 사람들이 떠올리는 시는 「봄밤」
이나 「달나라의 장난」 같은 작품이다. 모두 『달나라의
장난』에 수록되어 있다.

　"아둔하고 가난한 마음은 서둘지 말라/ 애타도록 마
음에 서둘지 말라"는 일부 시구로 잘 알려진 「봄밤」은
피로를 느끼며 생활에 안주하는 자신의 나태함을 경계
하는 시다. 피로하다는 것은 돌고 있지 않다는 것이다.
움직이지 않고 있다는 의미이기도 하다. 한편 표제작인
「달나라의 장난」은 남의 집 마당에서 빙글빙글 돌고 있
는 팽이를 신기한 듯 바라보며 저마다 스스로 돌아가는
가운데 예정되지 않은 방향으로 움직이는 애처롭고 �꼿
꼿한 회전에서 인간의 자유와 그 형식에 대해 말하고
있는 작품이다. 김수영의 시가 언제나 청춘의 이미지로
상기되는 것은 회전하는 팽이에서 비롯되는 삼중의 움
직임과 그것으로 대표되는 혼돈의 운동 때문일 것이다.
팽이에게서 발견되는 혼돈의 움직임이란 이런 것이다.

혼자서는 회전을 시작할 수 없으므로 외부에서 작용하는 힘에 의해 시작되는 움직임이 첫 번째다. 그렇게 발생한 무게 중심에 의해 계속해서 스스로 돌아가는 움직임이 두 번째이며, 그 두 개의 힘이 작용하며 자기만의 경로를 만들어나가는 난맥의 움직임이 세 번째이다.

생각하면 서러운 것인데
너도 나도 스스로 도는 힘을 위하여
공통된 그 무엇을 위하여 울어서는 아니 된다는 듯이
서서 돌고 있는 것인가
팽이가 된다
팽이가 된다

_김수영, 「달나라의 장난」 부분

그런데 팽이가 보여주는 이 혼돈스러운 삼중의 움직임은 "공통된 그 무엇을 위해 울어서는 아니 된다는 듯이" 스스로 돌고 있다. 외부 작용에 의해 시작되었으나 스스로 중심을 잡고 정해지지 않은 길로 나아가는 와중에 발생하는 모든 움직임은 오직 자신의 무엇에 의해, 혹은 그 무엇을 위해 움직일 때에만 의미가 있을 뿐 타의를 위해 돌아서는 안 된다는 것이다. 힘겹게 혼자 돌고 있는 모습이 가엾고 애처롭지만 그렇다고 멈출 수도 없는 팽이의 회전에 김수영의 자유가 있고 김수영의 사랑이 있으며 무엇보다 시가 있다. 팽이의 회전은 신동옥의 언어로, 그러니까 "스스로 잠들기 위해 자장가를 부르는 나날"의 돌림노래로 다시 쓰인다. 자장가를 부르기 때문에 잠을 잘 수 없고 잠을 잘 수 없기 때문에 자장가를 부르는 끝없는 돌림노래의 반복은 타의에 의해 회전을 시작하지만 자기만의 축을 형성하며 정해지지 않은 길을 만들어 가는 팽이처럼 잠이 필요하지만 잠을 쫓을 수밖에 없는 모순적인 상황 속에서 깨어 있을 수밖에 없는 혼돈스러운 의식은 움직임을 계속한다. "셀 수 없이 많은 이명을 거느리고/ 스스로 비명을 새기는 유령처럼/ 영정 사진 속에서 눈뜨는 짐승들"(「불타는 교과서」)의 시간. 이 혼돈의 행로에서 우리가 가장 먼저 만나는 재시동reboot은 솟구치는 동력이다.

2. 솟구치고 일으키는 힘을 위하여

불꽃놀이는 솟구침 그 자체에 핵심이 있는 놀이다. 아래에서 위로 올라가지만 올라간 뒤에는 내려오는 대신 흩어지며 사라지는 쪽을 선택하는 불꽃놀이는 쏘아진 이후 쏜 자리로 다시 돌아오지 않는 일방향의 움직임을 보인다. 왕복운동하지 않는 불꽃놀이는 공중에서 소멸된다. 조금 전까지만 해도 있었으나 금세 사라져버림으로써 잔상으로만 실감할 수 있는 불꽃은 오직 현재의 상태로만 존재한다고도 말할 수 있을 것이다. 현재는 표현된 과거와 표현되지 않은 미래를 포함한다. 현재 속에서 과거는 비로소 지난 기억이었음이 입증되고 미래는 현재 속에서 다가올 사건으로 예감된다. "불꽃이 터질 때마다" 발생과 소멸이 반복되는 모습을 관찰하며 우리는 그것이 모두 한순간에 일어난다는 사실을 알아차릴 수 있다. 「불꽃놀이」는 하늘로 솟구쳐 올라 공중에 뿌리내린 채 사라지는 불씨를 통해 존재하는 많은 시간들이 현재로 수렴되고 현재로 발산되는 것을 목격할 수 있는 현장이다.

불꽃이 터질 때마다

소용돌이와 깨진 유리 조각

내게 작은 틈이라도 허락된다면

그 틈으로 온 하늘이 쏟아지는 걸 볼 수 있겠다

불꽃이 터질 때마다

다시는 깨지 않기로 다짐한 약속들을

파기했다 하늘 너머로 내던져져

금이 가는 얼굴로 별이 돋아나고 있어

[…]

불꽃이 터지고 나서도

깨지지 않는 납덩이로 빚어진 것은 누구의 목소리일까?

귀에 물이 차오르듯

돋아나는 기억들

_「불꽃놀이」 부분

불꽃이 터지며 부분과 부분으로 불씨들이 흩어지는

모습에서 소용돌이, 깨진 유리 조각, 금이 가는 얼굴 등

파편화된 이미지들을 상기하는 화자는 자신에게도 그런 틈이 허락된다면 그 틈으로 하늘을 보겠다고 말한다. 하늘이 전체라고 하면 불꽃놀이는 부분을 통해 전체를 볼 수 있는 역설적인 시간이자 공간이라고 할 수 있다. 그런가 하면 "불꽃이 터질 때마다"로 시작하고 있는 이 시의 각 연은 과거와 현재, 현재와 미래가 이어서 진술되는 방식으로 전개되며 시간을 통합한다. "불꽃이 터질 때"라는 현재가 과거의 약속들을 떠올리게 하는 기폭제가 되거나 하늘이 쏟아지는 것을 볼 수 있을지도 모르겠다는 미래를 상상하게 만들기도 한다. 내려오는 것을 기다리지 않는다는 점에서 불꽃놀이는 시간에 대한 관성적이고 타성적인 관념에서 우리를 해방시켜준다. 하강하며 상태가 변화하는 것이 아니라 있었던 것이 사라지는 전면적이고 폭발적인 소멸은 정점의 순간과 소멸의 순간이 일치하는 상태다. 소멸은 부분을 전체로 만들어준다.

    존재하는 순간에도 우리는 사라지고 있으며 사라짐의 순간이야말로 존재했다는 것을 증명한다. 부서지고 깨지는 것들이 솟구칠 때 그 발산의 에너지는 전체를 구성하는 부분이 아니라 전체로서의 부분이기 때문이다. 따라서 "불꽃이 터지고 나서도/ 깨지지 않는 납덩이로 빚어진 것"은 부분과 구분되는 전체가 아니다. 이때 "깨지지 않는 납덩이"는 부서지지 않는 독립된 부분이자 완전한 부분을 말한다. 스스로 도는 힘처럼 스스로 솟구치는 힘에서 사랑에 대한 정의도 비롯되는 것이 아닐까. 모순적 존재의 아이러니가 "나날을 배반하는 사랑"(「가장 불쌍한 나라」)이라는 명제를 가능케 했다고 볼 수도 있을 것이다. "시인은 영원한 배반자다. 촌초의 배반자다"라고 말했던 김수영처럼 신동옥은 사랑이야말로 "나날을 배반하는" 행위라고 정의한다. 사라짐 속에 존재가 있고 존재함과 동시에 사라지는 나날의 배반들 속에 사랑이라는 에너지는 존재한다. 불안정하고 불완전하며 끝없이 흔들리며 방황하는 에너지. 이때 팽이의 회전이 다시 한번 오마주된다. "마치 모든 것이 무너져 내리듯 하지만 별은 돈다"(「가장 불쌍한 나라」)고 할 때 '별의 회전'이라든가 "비구름 언저리에서 사라지는 기도와 메아리를 엮어 매듭지은/ 회오리"(「달나라의 장난 리부트」) 라고 할 때 기도와 메아리로 만들어진 회오리는 모두 팽이의 회전에서 시작된, 팽이의 회전과 같고도 다른 회전들이다.

솟구치는 동작은 몸을 '일으키는' 동작들을 통해서도 섬세하게 묘사되거나 확장된다. "오늘은 모두 같은 시간 속에 손을 모으는 날/ 여태 몸을 일으켜 걷게 하는 힘은 설익은 기도뿐이라서"(「일요일들」) 기도를 통해 몸이 일어날 시간을 손꼽아 기다린다. 불꽃놀이에서 형상화된 솟구침의 운동이 한층 추상화된 것이 바로 몸을 일으키는 시간에 대한 상상일 것이다. 신동옥에게 시란 불면의 밤을 지새우는 스스로에게 불러주는 자장가일지도 모르겠다는 생각은 이제 조금의 변형을 거쳐 다음과 같이 말해질 수도 있겠다. 시는 일어나는 시간이다. 앉아 있을 수 없어 일어나고 잠들지 못해 일어난 사람은 끊임없이 자세를 곧추세우며 몸을 일으키고 일으킨 몸을 둘 데 없어 사방을 서성거린다. 시 쓰는 행위는 부서져 솟아오르고 솟아오르며 부서지는 동시에 일으켜 세우고 일어나는 행위이기도 하다. 전체와 부분이라는 위계와 질서를 전복하고 부분과 부분의 관계에서 새로운 질서를 출현시키는 것은 일찍이 시가 드러나는 방식이었다. 그림자가 잠시 "제가 거느린 몸보다" 커지는 세계. 시는 언제나 돌출되는 자신을 드러낸다.

3. 이빨이 아니라 사랑니, 천 길이 아니고 천 갈래

이빨이 '사실'이라면 사랑니는 '이야기'이다. "궤도는 하나지만 행로는 셀 수가 없듯"(「달나라의 장난 리부트」) 사실은 하나지만 이야기는 셀 수 없을 만큼 다양하게 분기한다. 이번 시집에서 특히 눈에 띄는 시편으로 공동체의 재난과 슬픔을 소재로 삼은 작품이 있다. 「4월」과 「올해의 안부」를 비롯해 「격리 구역에서」 같은 작품들은 각각 '세월호'라는 국가적 재난과 코로나19라는 집단 감염병을 바라보는 시인의 시선이 이야기 중심으로 펼쳐진다. 「4월」은 저수지 수면에 비치는 구름이며 산에서 시작된 시선이 수심으로 가닿으며 건너지 못한 채 빠져 버린 존재들을 애도한다. 깊이의 세계에 잠겨 있는 존재들에게 저수지의 표면을 건너도록 기원하는 것은 수면 아래로 잠겨간 시간을 수면 위로 끌어올려 저수지를 통과하도록 하는 서사적 상상력이다. 솟구침의 동력으로 과거와 미래를 연결하며 슬픔을 애도하는 '이야기'의 방식이기도 하다. 집단 감염병의 시대에 대해 말할 수 있는 이전과 이후의 삶에 대해 쓴 시 「올해의 안부」는 "병으로 인유되는 오늘"을 "비유가 멎은 밤"이자

"빛이 걷"힌 밤이라고 표현한다. 이야기는 공통의 이야기가 아니라 누군가의 이야기이다. 공통의 진실은 누구의 진실도 아니다. 시는 '나'의 진실이면 족하며 모든 시는 작은 시다.

　나는 당신의 미래다. 미래에서 당신에게 편지를 쓴다. 이곳에서는 서로 눈 맞추지 않는다. 말하지 않는다. 사랑은 사랑한다는 말보다 중요하지 않다. 사유는 중단된다. 가정과 논증은 폐기되었다. 믿음이나 신앙 역시 폐기되었다. 비유는 범법행위로 간주된다. 모든 것은 끝이 있는 하나의 이야기로 완결된다. 서사는 법이다. 길이 당신을 대신해서 걷는다. 당신의 삶이 당신을 받아적는다. 이곳에서 당신은 종이 위에 붉은 잉크로 휘갈겨 쓴 허구다. 당신의 언어는 사랑으로 만들어졌다. 맥박이 한 번 지나갈 때마다 살갗에 돋았다 지워지는 이력들. 매 순간 느끼지만 기억할 수 없다. 당신의 말속에는 당신이 존재하는 이유 또한 포함되어 있기 때문이다. 알아먹기 힘든 대화를 이어가느니 시를 쓰라. 당신이 쓰는 시는 당신 이전의 당신 이전의 당신 이전의 당신 이전의 당신…… 에게 도달할 것이다. 마침내 아무것도 존재하지 않았을 그곳에는 아무것도 존재하지 않았다고 쓴 당신의 시가 있다. 나는 당신이 종이 위에 잉크로 휘갈겨 쓴 허구다. 당신은 나의 미래다.

_「아주 작은 세계」 전문

「아주 작은 세계」는 삶과 시의 관계에 대해 탐구하는 작품이다. 사랑보다 사랑한다는 말이 중요한 "이곳"에서 "사유"나 "가정" 그리고 "논증"은 유효하지 않다. "믿음"과 "신앙" 역시 마찬가지이며 "비유"는 "범법행위"로 간주된다. 사유하지 말고 가정하지 말며 논증 따위 잊어버릴 것. 그런데 이들 사유와 논증과 가정, 나아가 믿음과 신앙은 김수영이 「달나라의 장난」에서 말한 "공통된 그 무엇"으로 볼 수 있다. 신동옥 식으로 말하면 "서로 눈 맞추"라고도 말할 수 있을 것이다. 타인과의 기준 속에 자신의 자유를 저당 잡히지 말 것을 요구하고 다짐했던 것처럼 신동옥은 눈을 맞추지 않음으로써 공통된 그 무엇이 이끄는 대로 살아가지 않을 것을 요구하고 다짐한다. 시는 눈 맞추지 않는다. 눈을 맞추며 '교환'하는 것은 그들 각자의 안쪽이 아니라 세상과 접촉하며 만들어진 껍질이기 때문이다.

　인간 삶을 에워싸고 있는 모든 언어적 행위가 금지되

어 있는 곳의 법은 오직 "서사"라 하겠다. 길이 나를 대신해 걷고 삶이 나를 대신해 쓴다. 길과 삶이 나 자신보다 앞서 걷는 이곳에서 우리는 차라리 하나의 허구이며 하나의 이야기다. 서사는 시간이다. 소설을 서사라고 정의할 수 있다면 그것이 시간의 예술이기 때문이다. "처음 돋아난 이빨이 마지막 남을 사랑니가 될 때까지"(「나의 친구들」) 우리를 지속시키는 것은 기억이다. "기억은 신념을 이긴다"(「탑동에서」) "바다 위에는 오색 돛단배가 가득한데, 눈길이 닿는 돛대는 모두 천천히 가라앉는다"고 하는 시인은 "천 길이 아니라 천 갈래"에서 시와 시적인 것을 구한다. 천 길은 헤아릴 수 없는 깊이를 뜻하며 물속의 세계를 가리킨다. 반면 천 갈래는 물 바깥의 세계로 헤아릴 수 없이 흩어진 표면을 가리킨다. 물은 깊지 않고 멀다. 세대에서 세대를 거듭하며 이어지는 개념은 눈을 맞추며 형성되는 '사실'이다. 사실은 공통의 중간 지대다. 이야기는 불연속적이며 불완전하므로 독백에 그치거나 돌림노래로 재회하며 저 혼자 멀리 나간다. '이야기'는 스스로 도는 힘이다. 이빨은 사랑니의 기억이고 천 길은 천 갈래의 환상이다. "끝이 보이지 않는 어둠 속에서도 사람은 스스로 잠들기 위해 자장가

한 소절쯤 부를 수 있다"(「젖은 칫솔이 마를 때까지」)고 말할 수 있는 것은 심연에서 비롯되는 것이 아니다. 뿌리 없이 부유하고 표류하며 도착지를 상정하지 않은 채 돌림노래를 부를 수 있는 사람만이 어둠 속에서 노래할 수 있다. 도착할 곳이 없는 그에게는 머무르는 모든 곳이 도착지인 탓이다.

4. 뿔의 미학

　자신만의 움직임으로 세상과 맞서는 시인의 내면을 들여다본다면 어떨까. 「꿈의 숲」은 한편의 자화상처럼 읽히는 시다. 시는 화자의 고백과 함께 시작된다. 그는 자신에게 뿔이 있다고 말한다. 더불어 자신에게는 "아내 모르게 산 중고 노트북"이며 "쓸모를 초월하는 세간"과 "알 수 없는 충동이 있다"고 말한다. 뿔이 있는 '나'를 이루고 있는 것을 다시 말하면 실용적으로 구입한 것, 사치재로 구입한 것, 그리고 알 수 없는 충동이라 할 수 있겠다. 앞의 두 가지는 생활인으로서의 자신을 이루는 것일 테고 뒤의 한 가지는 생활인으로서의 자신과 양립하지 않는 것일 테다. "뿔"의 영역에 속하는 것일지도 모르겠다. 자신이 갖고 있는 뿔이 무엇인지 화자는 알지 못한다. 화자는 동네의 즐겨 찾는 "숲"에서 다시 뿔을 만난다. 가지를 쳐가며 하늘을 뒤덮는 뿔, 이쪽에서 저쪽으로 가로지르는 별자리 같은 이름들이 남아 있는 뿔, 나무에 못을 치고 잘라냈을 뿔…… 그리고 더 많은 온갖 뿔. 뿔은 "솟구치는 고백"이다. 삐져나온 모든 것이고 잘려졌거나 잘려질 모든 것이기도 하다.

신동옥이 만든 혼돈의 행로에서 우리가 가장 먼저 만나는 재시동-reboot을 일컬어 솟구치는 동력이라 했거니와, 길 없는 길 위에서 시집을 읽으며 다시 한번 마주하게 되는 것 역시 솟구치는 동력이 아닐 수 없다. 다스려지지 않았던 과거의 흔적이자 끝내 다스려지지 않을 미래를 예감케 하는 뿔은 이제 신동옥에게서 비롯되었으나 신동옥에게만 속하지 않는, 시를 감각하는 새로운 방향이자 깊이이며 공간이자 시간으로 인식될 것이기 때문이다. "밤이면 파란 눈을 횃불처럼 치켜뜨고 혀를 날름거리며 뜨거운 콧김을 쏘이는" 얼굴 위에 아무도 없는 나라에서 오직 자기 자신을 위해 자장가를 부르던 보초병의 표정이 스치고 지나간다. 치켜뜨고 솟구쳐 오

르는 모든 것들에 시적인 것이 있고 시적인 것들은 모
두 얼마간 치켜뜨거나 솟구치고 있는 것이다.

　그러나 이 시집에 대해 마지막으로 이야기해야 할 움
직임, 방향, 그러니까 운동성이 있다면 그것은 뿔과는
상반되는 곡선이라 할 수밖에 없다. 마을을 감고 유유
하게 흐르는 강물의 곡선은 중력을 거부하는 역방향과
별로 닮은 데가 없어 보인다. 차라리 중력의 결과라 봐
야 할 것이다. 정선에 위치한 작은 마을, 미탄이라 불리
는 이곳을 흐르는 하천은 U자 형태로 이루어져 보는 이
의 마음을 느긋하게 만든다. 긴장감 넘치는 전복적 이미
지와는 조금도 어울리지 않아 보이는 풍경. 그러나 유유
자적한 이미지가 서로 다른 두 세계의 치열한 공존에서
비롯된 결과임을 알게 되면 미탄 마을의 하천은 달리
보이기 시작한다. 바깥쪽 하천은 빠르게 흐르며 암석을
깎는 바깥쪽 하천이 절벽을 만들고 천천히 흐르는 안쪽
하천은 모래를 쌓으며 강물 한가운데에 마치 섬 같은
새로운 공간이 만들어지는 식이다.

　방림 지나 미탄 돌아
　정선에 들면

그저 또 미탄하고 미탄한 삶이

조양조양 잠기다

씨앙씨앙 스미는

물소리 바람 소리조차

그저 또 미탄하고 미탄하다고

_「미탄」 부분

"물도 나무도 방향을 정해 흐르고 기우는데" 자신의
방향을 스스로 만들어갈 수 없다는 것은 얼마나 슬픈
일일까. 서로 다른 속도가 공존하며 만들어낸 곡류를 바
라보며 시인은 "그저 또 미탄하고 미탄한 삶이" 잠기고
스미며 "그저 또 미탄하고 미탄하다"고 말한다. 존재해
나가는 동시에 사라지는 삶은 유속이 빠른 곳과 그렇지
않은 곳이 공존하는 가운데 만들어내는 곡류일지도 모
른다. 서로 다른 유속이 만들어내는 새로운 속도, 둘 사
이에 생성되는 의외의 중간 지대. 미탄하고 미탄하다는
말 속에는 서로 다른 속도가 공존함으로써 어떤 한 속
도로 편입되지 않을 때 강 사이에는 땅이 생기고 지대
가 생기며 그것이야말로 우리 삶이 계속되는 방식이라
는 의미가 담겨 있다. 격차가 만들어내는 중간 지대를

그대로 살려두는 것은 뿔의 미학과 조금도 배치되지 않는다. 미탄 마을의 흐르는 강 한가운데 생겨난 한반도 모양의 섬이 또한 뿔과 같이 때문이다. "잿더미 속에서도 되살아나는 노래"(「불타는 교과서」)는 불이 꺼지지 않을 때 가능하다. 불씨의 온도는 모두 다 달라야 한다. 어느 불씨가 마지막 불씨가 될지 누구도 알아서는 안 된다. 이 비밀스러운 솟구침의 세계에서 신동옥은 교과서를 불태운다. 우리는 "저마다 제 운명의 지휘자들"이기 때문이다. "익숙한 곡조"는 필요하지 않다. 신동옥을 부른 우리, 이제 자기만의 자장가를 부를 시간이다.

신동옥 시인이
펴낸 책들

• 시집
『악공, 아나키스트 기타』, 랜덤하우스코리아, 2008.
(개정판, 문학동네, 2021)
『웃고 춤추고 여름하라』, 문학동네, 2012.
『고래가 되는 꿈』, 문예중앙, 2016.
『밤이 계속될 거야』, 민음사, 2019.

• 산문집
『서정적 게으름』, 서랍의날씨, 2015.

• 시론집
『기억해 봐, 마지막으로 시인이었던 것이 언제였는지』,
파란, 2019.

달나라의 장난 리부트
신동옥 시집

발행일   2021년 8월 23일
발행인   이인성
발행처   사단법인 문학실험실
등록일   2015년 5월 14일
등록번호 제300-2015-85호

주소   서울 종로구 혜화로 47 한려빌딩 302호
전화   02-765-9682
팩스   02-766-9682
전자우편 munhak@silhum.or.kr
홈페이지 www.silhum.or.kr

디자인   김은희
인쇄   아르텍

ⓒ신동옥
ISBN 979-11-970854-6-8 03810
값 10,000원